ye

4824

LA RÉVOLUTION,

OU

LES ORDRES RÉUNIS,

POEME

Suivi d'un plan d'adminiſtration œconomique pour le Royaume.

Par M. DE *VIXOUZE*, *Citoyen*, *Membre de plusieurs Académies.*

Non ante revellar
exanimem quam te complectar, Roma, tuumque
nomen, libertas.

(*LUCAN.*)

PRIX 36 ſ.

A AURILLAC, chez VIALLANES, Pere & Fils.

1789.

AUX AUGUSTES
REPRÉSENTANTS
DE LA FRANCE,
ET
A M. NEKER, APRÈS SA RETRAITE.

*P*ERES DE LA *P*ATRIE, *puissiez-vous accueillir ce foible ouvrage en faveur du sentiment qui l'a dicté. J'ai voulu par cet hommage acquitter une partie de la dette de la Nation envers vous. Je ne suis que l'écho de la reconnoissance publique. Daignez jetter un coup d'œil sur les vues patriotiques insérées à la suite de ce Poëme; c'est ainsi que les fleuves majestueux reçoivent dans leur sein les moindres ruisseaux, & ne dédaignent point le tribut de leurs ondes.*

PRECIS DU POEME.

*I*Nvocation. Defcription de l'état d'aviliſſement où étoit le Peuple Français ſous les deux premieres races de nos Rois, époques du régime féodal. Le deſpotiſme eſt porté à ſon comble ſous leurs ſucceſſeurs. Deſcription de ce monſtre & de tous les maux qu'il a cauſé. Etat de la France ſous les regnes de Louis XIV & de Louis XV, & dans les premieres années du regne de Louis XVI. M. Neker eſt mis à la tête des affaires. Caractere de ce Miniſtre. Efforts du deſpotiſme & des monſtres qu'il traîne à ſa ſuite pour répandre la diviſion dans la France, ſeul moyen d'augmenter l'authorité miniſtérielle, & pour porter le Roi à ôter ſa confiance au Miniſtre populaire dont il a fait choix. Les troubles commencent en France. On ôte à M. Neker le timon de l'Etat. Malheurs qui ſuivent le changement arrivé dans le Miniſtère. Déprédations des Finances. La guerre civile s'allume. Louis veut remédier aux maux de la France. La Patrie lui apparoît en ſonge, & lui demande le rappel de M. Neker, & la convocation des Etats généraux. Le Roi ſe rend à ſes vœux. Allégreſſe de la Nation. Aſſemblée nationale. Eloge de quelques-uns de ſes principaux Membres. Importantes opérations qu'on a droit d'attendre de cette auguſte Aſſemblée. Nouvelle révolution & ſes ſuites.

LA RÉVOLUTION,

OU

LES ORDRES RÉUNIS,

POEME.

QUels font ces cris de joie & ces chants d'allégreffe ?
D'où naiffent ces tranfports, cette foudaine yvreffe ?
Tout retentit au loin des accents du bonheur :
O France, tu n'es plus en proie à la douleur.
Il eft enfin venu le tems où ton génie
Va brifer de tes fers la longue tyrannie.
Tu vois luire déjà des jours purs & fereins,
Et tout doit t'annoncer les plus brillans deftins.

Viens, préfide à mes chants, mufe fiere & fenfible,
Qui gardois dé nos maux le fouvenir terrible,

Et qui feule en filence exhalois tes douleurs.
Il tombe ce fardeau qui pefoit fur nos cœurs.
Quand l'État gémiffoit, ta lyre étoit plaintive,
Et fous les mêmes fers tu gémiffois captive.
Quand la France renaît, viens dans ces doux momens
Partager fes tranfports, échauffer mes accens :
Viens chanter fon triomphe, & verfer dans mon ame
Cette fublime ardeur, cette divine flamme,
Qui des Chantres fameux couronna les efforts,
Et qui du fier Tyrtée anima les accords.

Amour du nom Français, amour de la Patrie,
Infpire-moi ta fainte & brûlante énergie.
Soutiens mon vol hardi; fois mon feu créateur :
Tes penfers généreux plaifent feuls à mon cœur.
Retraçons de nos maux les récits déplorables :
Que nos crayons vengeurs pourfuivent les coupables,
Et portent dans leur fein les remords dévorans,
Plus cruels que la mort, pires que les tourmens.
D'un filence impofteur la baffe flatterie
Ne dégradera point notre mufe avilie.
De l'indignation les rapides élans
Enflammeront ma verve, & foutiendront mes chants.

Bons Français, Nation confiante & fenfible,
Arrêtez vos regards fur ce tableau terrible.
Pour la leçon du monde , offrons à nos neveux
Le trifte fouvenir de ces tems douloureux.
Quand les flots appaifés refpectent le rivage ,
On aime à contempler les effets de l'orage.
Tandis que de l'État les funeftes fléaux
Aggravoient notre chaîne, & redoubloient nos maux,
Nos voix par la douleur demeuroient étouffées.
Le Dieu des vers fe tut; il n'étoit plus d'Orphées.
L'augufte Poëfie ; en reprenant fes droits,
Doit chanter le retour de la paix & des loix.
Seroit-elle infenfible au bonheur de la France,
Elle qui partageoit fes pleurs & fon filence?

Ainfi quand la tempête & les vents déchaînés
Ont répandu le deuil fur les champs confternés ,
Des habitans des bois les légions ailées
Ne font plus de leurs chants retentir les vallées.
Mais fi le blond Phébus rafférene les airs ,
On les voit de nouveau moduler leurs concerts :
Philomèle reprend fa plaintive romance,
Et l'afpect d'un beau jour ranime fa cadence.

Les libres defcendants des Francs & des Gaulois
Qui, même fous des chefs, n'obéiffoient qu'aux loix,
Avoient fubi le joug de ces mœurs féodales
Qui font honte à jamais à nos triftes annales.
Ces conquérans fi fiers, ces peuples de héros
Étoient devenus ferfs... Ils étoient les vaffaux
De cent divers tyrans dont ces tems d'ignorance,
De trouble, d'anarchie, augmentoient la puiffance.
Des Maires orgueilleux, des Miniftres adroits
Prolongeant le fommeil, l'enfance de leurs Rois,
Des grands affez puiffans pour pouvoir tout enfreindre,
Hâtérent tous les maux qu'un peuple pouvoit craindre,
Et des regnes de fang & de calamité
Accrurent les affronts faits à l'humanité.

A péine compte-t-on quelques Rois magnanimes
Qui fufpendant le cours des malheurs & des crimes,
Ont laiffé refpirer les peuples gémiffans.
Le tems accumula ces outrages fanglans.
Un defpote nouveau (*) plus barbare, plus fombre,
Plus fourbe que Tibère, en augmenta le nombre;
Et ce nouveau Néron qui combla tous nos maux,

_____

(*) Louis XI.

N'eut peur que de laffer la hache des bourreaux;
Tant un pouvoir immenfe, au deffus des loix même,
Ne connoît plus de frein!... Dans fa fureur extrême,
Des plus grands citoyens il pourfuivoit les jours.
Il verfa votre fang, mânes des fiers Nemours.
Ce tyran ténébreux, pétri de tous les vices,
Obfervoit vos foupirs, prolongeoit vos fupplices.
Tel un autre tyran, (*) fous un autre Louis,
Fit répandre le fang des grands Montmorencis.
Un infâme bourreau faifoit tomber la tête
De ceux qu'il défignoit.... Je frémis & m'arrête.
Ma plume fe refufe à peindre ces excès;
Je gémis en fuivant le cours de ces forfaits:
Mais il le faut. Levons les voiles politiques
Dont on ofe couvrir ces abus tyranniques,
Voiles jadis facrés, dont des chefs odieux
Se fervoient pour tromper les peuples malheureux.
Ces maximes d'Etat, ces prétextes horribles
N'en impoferont plus à des ames fenfibles.
Dieux de boue & de fang, Miniftres oppreffeurs,
Vous n'éviterez point mes vers accufateurs.

(*) Le Cardinal de Richelieu.

Et toi, monftre cruel, avide de victimes,
Defpotifme, je vais retracer tous tes crimes.

Le féjour de ce monftre eft à la Cour des Rois.
Orgueilleux & rampant, humble & fier à la fois,
Il s'affied fur le thrône, ou du moins l'environne;
A la haine, aux foupçons fans ceffe il s'abandonne;
Être jufte, à fes yeux c'eft mériter la mort.
A d'obfcurs délateurs fe livrant fans remord;
Les plus noirs attentats lui femblent légitimes,
Et toujours on le voit immoler fes victimes;
Aiguifer fes poignards, préparer fes poifons.
Sous un fceptre de fer il tient les nations;
Et l'on voit à fes pieds la chaîne enfanglantée,
Sous laquelle gémit la terre épouventée.
Il s'abreuve de fang, il fe nourrit de pleurs;
Et des monceaux de morts fignalent fes fureurs.
Semblable au tigre affreux qui folitaire & fombre
Lance de l'œil la flamme, & qui rugit dans l'ombre:
Plus dévorant cent fois que la mort, les tombeaux,
Il médite toujours quelques forfaits nouveaux;
Allume de fes mains les bûchers funéraires,
Et dicte à des bourreaux fes arrêts fanguinaires.

Il conftruit ces donjeons & ces lugubres tours,
Où l'homme infortuné difparoît pour toujours.
Là tout eft défefpoir, douleur, fupplice, ou crainte;
Là par tous les côtés la victime eft atteinte :
Là l'homme ne pouvant que gémir & haïr,
Joint le malheur de vivre à l'horreur de mourir.

O qui peut calculer ces tortures fecrettes,
Ces éclats de la rage, & ces larmes muettes,
Cette longue agonie, & ces foupirs d'un cœur
Navré de défefpoir, ulcéré de douleur !
Mortels trop patiens, que vous fûtes ftupides!
Malheur à ces cœurs froids, à ces ames arides
Qui fouffrent peu des pleurs de leurs concitoyens.
» Les maux de mon femblable un jour feront les miens,
» Doit dire tout mortel, dont la trifte exiftence
» Peut d'un cruel tyran affouvir la vengeance.

Fiers Français, eft-ce vous dont le fort incertain
A toujours dépendu d'un defpote inhumain ?
Notre lâche ftupeur, notre molle indolence
A prolongé mille ans notre honteufe enfance.
Tels font ces animaux, jamais du joug laffés,
Que l'on voit vers leurs toits traîner leurs fronts baiffés,

Après avoir tracé leurs fillons en filence,
Et fouffert l'aiguillon fans plainte & fans vengeance;
Ainfi l'on vit le peuple , infenfible à fes maux,
Prodiguer tout fon fang, fon or pour fes bourreaux.

Deux fiècles cependant de gloire & de puiffance
Fermoient fur ces malheurs les regards de la France.
Par un éclat brillant les Français confolés
Oublioient les fléaux fur eux accumulés.
Le peuple , adorateur de fes chaînes antiques ,
Couvroit de fes lauriers fes malheurs domeftiques.
Efclave fur la Seine, il regnoit fur les mers ,
Rendoit un monde libre , & fupportoit des fers.
Le Français , pour lui feul rempli d'infouciance ,
Aux Tribus de Bofton apportoit la vengeance.
Eh ! qu'eût-il defiré ? Le plus jufte des Rois
Sur le Thrône avec lui faifoit regner les Loix.
Ce Monarque adoré , bienfaifant, populaire ,
Étoit moins des Français le maître que le père.
Le peuple étoit heureux..... Louis par fes vertus
Rappelloit les Trajans , égaloit les Titus.
Neker, Miniftre intégre & cher à la Patrie ;
Déployoit fa grande ame , & fon vafte génie ,

Secondoit de Louis les généreux deffeins.
Ils refpiroient tous deux le bonheur des humains.
Un Roi jufte & puiffant, le plus grand des Miniftres
Auroient-ils pu prévoir.... Mais fur ces temps finiftres
Ne portons pas encor nos regards douloureux.
Fixons-les un inftant fur ces momens heureux;
Momens, hélas ! trop courts, & contemplons la
  France
Faifant à fes rivaux redouter fa puiffance,
Triomphante aux combats, heureufe dans la paix.

L'Océan refpectoit le pavillon Français.
La gloire de l'État étoit celle du Prince:
La Fayette, Deftaing, noms chers à ma Province, (*)
Suffren & Rochambaut, les Guichens, les Vaudreuil
Avoient des fiers Anglais humilié l'orgueil.
La liberté des mers venoit d'être établie.
Par nous la fervitude alloit être abolie :
Dévorante corvée, & vous, droits odieux
Du regne féodal reftes injurieux,
Louis vous fuprimoit..... Sa bonté paternelle

(*) L'Auvergne eft la patrie de ces deux Héros.

C

Écoutoit de fon cœur l'impulfion fidele ,
Celle de fon Miniftre. Il imitoit Henri ,
Et près de lui Neker nous rappelloit Sulli.
Sous leur aufpice heureux la France alloit renaître.
Elle s'attendriffoit aux genoux de fon maître ,
Recueilloit fes bienfaits..... Hélas ! qui l'auroit cru ?
Un efpoir fi flatteur a foudain difparu.

Le Defpotifme affreux frémiffoit en filence
En voyant la fplendeur , le bonheur de la France.
Il affemble auffi-tôt tous les monftres divers
Qui forment fon cortége & propagent fes fers.
L'ardente ambition , la vengeance féroce ,
La fombre jaloufie encore plus atroce ,
La difcorde fanglante & le vil intérêt
Des plus lâches forfaits le mobile fecret ,
Vautour qui nuit & jour dévore fes victimes.

Ces monftres s'élevant du fond des noirs abîmes
Soufflent dans tous les cœurs leurs feux & leurs poifons,
Des mortels aveuglés flattent les paffions ,
Allument le flambeau d'une guerre inteftine ,
Et pour mieux de la France affurer la ruine ,

Des courtifans jaloux ils guident les efforts,
Font mouvoir à leur gré ces flexibles refforts,
Et contre Neker feul tournent toutes leurs armes.
L'État eft agité des plus vives allarmes.
De la crainte à l'efpoir il voit fon fort flotter.
Ennemis de mon Roi, deviez-vous l'emporter?
C'en eft fait; ces auteurs des plus noires intrigues,
Artifans tenébreux de fraudes & de brigues,
Ont donc vu réuffir leurs infâmes complots.
Neker a fui la Cour.... L'État prévoit fes maux.

Gémiffons fur les Rois. Le menfonge fans ceffe
De cent pieges divers entoure leur fageffe.
De l'adulation le charme infidieux
Déguife les objets, & fafcine leurs yeux.
Qu'aifément, jufte Ciel! un Monarque s'égare?
O Rois, ô Dieux mortels, fi le deftin avare
Vous accorde un grand homme, un Miniftre adoré,
Vous devez le garder comme un tréfor facré.
Le ciel, en le donnant, vous montre fa clémence;
Il femble à le former épuifer fa puiffance.
C'eft un bienfait public; c'eft le pilote heureux
Qui vous fait éviter mille écueils dangereux.

Que ne peut un mortel par fa feule préfence !
Quand Neker a ceffé de veiller fur la France,
Le vaiffeau de l'État, battu dans tous les flancs,
Eft refté le jouet & des flots, & des vents.
Des Miniftres pervers, ambitieux, perfides,
Des tréfors de l'État déprédateurs rapides ;
Corrupteurs, corrompus, ont bu les derniers pleurs,
Ravi le pain facré des triftes laboureurs.
Là, tout s'engloutiffoit comme en un gouffre immenfe.

　Hommes nombreux des champs, les foutiens de la
　　France,
Mortels trop méconnus, nobles Agriculteurs,
Vous qui donnez la vie à vos perfécuteurs,
Sufpendez vos travaux.... que les ingrats périffent,
Puifqu'ils veulent lier les mains qui les nourriffent.
Qu'ofent-ils demander à cette terre en deuil,
A ces champs défolés par leur avide orgueil ?
Altérés, affamés du fang de la patrie,
Ils afpirent notre or ; & leur ame avilie,
Se livrant fans pudeur à fa cupidité,
Croit pouvoir tout ofer avec impunité.
Des Verrès, des Séjans, des Pallas, des Narciffes

Ils ont renouvellé les fureurs & les vices ;
Ne foupçonnant pas même en un peuple outragé
Affez de fermeté .... pour être un jour vengé.
S'il entendent gronder, s'élever les tempêtes,
Les foudres qui déjà s'allument fur leurs têtes,
Loin de les redouter, ils bravent leurs carreaux.
» Du peuple, difent - ils, étouffons les fanglots :
» Son murmure eft le bruit des flots après l'orage
» Qui viennent expirer, fe brifer au rivage.
» S'il ofe réfifter, il faudra l'enchaîner ;
» S'il veut rompre fes fers, il faut l'exterminer.

Oui, tel fut leur langage, & leur commun fyftême.
Ainfi donc la grandeur & le pouvoir fuprême,
De la juftice en eux éteignant le flambeau,
Sur leurs yeux aveuglés épaiffit fon bandeau!
Jufqu'où n'a pas été leur fureur téméraire ?
Ils ont même des loix forcé le fanctuaire :
Leur pontife odieux s'en rendit le bourreau;
Le temple de Thémis en devint le tombeau.

Célefte Poëfie, & toi, Dieu du Permeffe,
Secondez mes efforts, prêtez-moi votre yvreffe,
Ces tonnerres vengeurs, ces foudres éloquens,

Qui jufques fous la pourpre atteignent les tyrans.
C'eft un pefant fardeau que la haine publique;
Qu'ils en portent le poids... Leur pouvoir defpotique
A paffé comme une ombre. O comble des tourmens!
Dévoués à l'opprobre, ils font encor vivans.
Qui pourroit calculer leurs fécrettes fouffrances?
Et ceux que le trépas dérobe à nos vengeances
Laiffent leurs noms flétris par la honte & l'horreur.

Dieu, père des humains, arbitre du bonheur,
A nos pleurs, à nos vœux fois enfin exorable.
De ces tems malheureux l'hiftoire lamentable.
Aux fiecles à venir arrachera des pleurs.
Offrons à tous les yeux, montrons à tous les cœurs,
De nos maux trop réels la peinture effrayante.
La France qui jadis glorieufe & puiffante
Se rendoit la terreur & l'arbitre des Rois,
De l'Europe à fon gré faifoit pencher le poids,
A perdu fon éclat, fon afcendant fuprême,
Et le Français n'eft plus que l'ombre de lui-même.
Le Batave opprimé cherche en vain fon appui.
Tel le Sarmate altier, vil efclave aujourd'hui,
A perdu fa grandeur & fa force premiere :

C'eſt un coloſſe obſcur couché dans la pouſſiere.

Eh ! je n'ai peint encor que nos moindres malheurs.
O ma triſte Patrie, ô comble des douleurs !
Rappelle-toi ces jours de meurtres & d'allarmes,
Où les flots de ton ſang ſe mêloient à tes larmes,
Où même tes enfans, au vertige livrés,
De leur ſang fraternel ſe montroient altérés,
Loin de ſe réunir pour la commune injure.

O France ! tous n'ont pas outragé la nature.
De ces nouveaux forfaits reconnoiſſant l'horreur,
On vit le Guerrier même être ton protecteur.
Des Héros, des Français enfans de la victoire
Jurérent ſur l'autel de l'honneur, de la gloire,
De ne point imiter ces coupables excès.
Qu'étiez vous devenu, reſpect du nom Français ?
O mes Concitoyens, le ſoufle des tempêtes (*)

_____

(*) *Les Alvernes.* Je n'ai jamais compris comment les habitans de
l'Auvergne, peuple ingénieux qui a vu ſortir de ſon ſein *Paſchal* &
Thomas, & de nos jours un Poëte juſtement célebre, *M. l'Abbé de
Lille*, a pu changer ſon nom originaire & éthimologique *Alvernes* en
celui d'*Auvergnats*, qui offenſe impitoyablement l'oreille & la pronon-
ciation. Les *Alvernes*, ou habitans de l'Auvergne, ſont appellés par Lucain
Arverni, par Pline *Arverni*, & dans une foule innombrables de titres,

A refpecté du moins vos tranquilles retraites,
Ecrafez fous le poids des impôts dévorans,
Qu'aviez-vous en effet pour tenter vos tyrans?

   Les empires divers ont chacun leur enfance,
Et leur maturité que fuit la décadence.
O France ! ton déclin feroit-il donc venu,
Et tout efpoir pour toi feroit-il donc perdu ?
Ce mobile puiffant qui rompt tous les obftacles,
Qui t'a fait en tout tems enfanter des miracles,
L'honneur eft-il éteint, fon reffort altéré ?
Non ; de la liberté le feu pur & facré
Brûle encor dans les cœurs, & fes ardentes flammes
Raniment les Français, électrifent leurs ames.
La liberté s'éveille au bruit fanglant des fers.
Tyrans, il eft venu l'inftant de vos revers :

tous rapportés dans l'hiftoire d'Auvergne par Baluze, *Alverni* par une *L.*
& la province *Alvernia* auffi par une *L.* J'obferverai à ce fujet que Pline
en parlant des *Alvernes* dans le dénombrement qu'il fait des peuples des
Gaules, donne aux *Alvernes* feuls l'honorable épithete de *peuple libre*,
Alverni liberi. Pline, hift. nat. liv. 4, chap. 19. Les *Alvernes* font encore
appellés *Alverni montigenæ* dans l'ancien commentaire de la Coutume
d'Auvergne, ouvrage dont on a ceffé de fe fervir depuis le profond &
favant commentaire de cette même Coutume, *par M. Chabrol.*

L'abîme eſt à vos pieds creuſé par la vengeance ;
Vous avez du Français laſſé la patience :
Un peuple que l'on brave en eſt plus effréné ;
Au cruel déſeſpoir ce peuple abandonné
Va lancer tous les traits fuſpendus ſur vos têtes.
Il couvoit ſourdement le germe des tempêtes ,
Mais il éclate enfin… & des ſombres accens ,
Ces murmures ſecrets retenus ſi long-tems ,
Ces meſſagers de mort préſagent votre chûte.
En horreur à vous-même , à tous les traits en butte ,
Miſérables , vos jours , vos heures , vos momens
Sont voués à la honte , aux remords , aux tourmens.
   Il va ceſſer enfin le regne affreux du crime.
A des cœurs outragés tout devient légitime.
Le peuple , dès long-tems victime de ſes maux ,
Combat tous les beſoins , ſouffre tous les fléaux ,
Voit même ſes épis tromper ſon eſpérance ,
Et tous les élémens ligués contre la France.
La faim , le déſeſpoir , les frimats rigoureux.
Plus terribles encor que le fer & les feux ,
Tout arme ſa fureur ; & le Français docile
S'irrite d'autant plus qu'il étoit plus tranquille.

                                                D

C'eſt ainſi que le plomb dans un tube enfermé
Devient plus meurtrier, plus il eſt comprimé.
Ainſi lorſque les vents déchaînés ſur nos têtes
Des bouts de l'Univers appellent les tempêtes,
La mer qui ſembloit calme aux yeux des Matelots
Soudain juſques aux cieux oſe porter ſes flots,
Et les éclairs, cachés dans le ſein des nuages
Où grondoient ſourdement la foudre & les orages,
S'échappent de la nue, éclatent dans les airs,
Embraſent tout-à-coup la ſurface des mers,
Précipitent au loin la foudre étincelante,
Et lancent ſur les monts leur flamme dévorante.

Rennes donne un exemple à ſes Tyrans fatal.
Le hardi Béarnais répond à ce ſignal.
Et du ſein de l'Etat ſort une voix immenſe
Contre les ennemis, les fléaux de la France.
Les peuples du Midi ſecondent ceux du Nord.
Heureux concert des cœurs! grand & ſublime accord!
Paris, le temple heureux du génie & des graces
De ces deſpotes vils prépare les diſgraces.
Aux drappeaux des Cités il joint ſes étendarts,
Et la gloire a brillé dans le ſéjour des arts.

Athénes des Français , ô toi , leur Souveraine ,
Tes vœux seront remplis. O Nymphe de la Seine ,
Tu peux lever ton front désormais radieux.
De tes jours obscurcis naîtront des jours heureux.
Reprens, reprens tes jeux, ô Lutèce , & tes charmes :
Louis va mettre enfin un terme à tes allarmes.
Son cœur est détrompé.... Ce Monarque inquiet,
Dans le calme des nuits , méditoit en secret
Sur le sort de l'État , & vouloit à la France
Par de nouveaux efforts marquer sa bienfaisance.
» Je voudrois voir, dit-il , tous mes Sujets heureux ,
» Et des Français je suis , moi , le plus malheureux.
» Je veux , brisant ce joug & ces loix qui les blessent,
» Que par mes soins l'État , la liberté renaissent.
» Chérissant mes Sujets , touché de leurs tourmens ,
» A peine ai-je goûté quelques heureux instans. (*)

Tous ces pensers pesoient sur son ame souffrante.
Il gémissoit .... soudain à ses yeux se présente
Une Femme éplorée , & de qui la douleur
Avoit couvert le front d'une triste pâleur.

_____

(*) On sait que Louis XVI. a prononcé ces paroles touchantes.

Sa beauté paroiſſoit même à travers ſes larmes ;
Les lys, l'or & l'azur relevoient tous ſes charmes ;
Elle tombe à ſes pieds, embraſſe ſes genoux ;
C'eſt la patrie en pleurs... Grand Monarque, eſt-
    ce vous,

» Et-ce vous, lui dit elle, ô le meilleur des Princes,
» Qui voyez ſans pitié les maux de vos Provinces,
» Qui répandez leur ſang, qui leur percez le ſein ?
» Le pere des Français en eſt-il l'aſſaſſin ?
» Mais non : vous ſoupirez ; votre douleur auguſte
» Me fait encore en vous voir des Rois le plus juſte,
» Et qui regrette ſeul un Miniſtre éprouvé.
» Ah ! rappellez Neker... & l'État eſt ſauvé.
» Raſſemblez vos ſujets autour de votre thrône :
» Qu'à ce noble deſſein votre ame s'abandonne.
» Le peuple eſt avant vous. Oui, ce peuple à ſes droits,
» Et du bonheur public naît le bonheur des Rois.
» Le Léopard ſanglant, reſpirant les ravages,
» Déjà gronde & rugit autour de nos rivages.
» Il n'attend que l'inſtant d'être appellé par nous,
» De ſe joindre aux Français... pour les dévorer tous.

    Le Prince la releve & céde à ſa priere.

L'État revoit enfin son astre tutélaire.
Le crêpe du malheur envelopoit les lys ;
De la joie aussi-tôt retentissent les cris.
L'amour de tout un peuple, ô Neker, t'environne.
Aux transports les plus doux la France s'abandonne :
L'airain fait retentir le signal du bonheur.
Ce n'est plus cet airain, farouche & destructeur,
Qui vomissoit la mort.... Nos nuits jadis si sombres
Par cent nouveaux soleils ont éclairé leurs ombres,
Et l'allégresse éclate où regnoient la terreur,
Le sombre désespoir, & la morne douleur.
Le despotisme affreux, la discorde en frémirent :
Des Sulli, des Henri les mânes applaudirent,
Et d'Europe étonnée, en admirant Louis,
Présagea la grandeur & les destins des lys.

Des Français entouré, Louis qui les rassemble
Les voit tous conspirer, se liguer tous ensemble
Pour l'intérêt commun. Les fils des conquérans,
Les Pontifes sacrés, les peuples & les grands
Sont enfin réunis.... Et dès ce jour la France (*)

_____

(*) Des Français divisés quand il s'agit de l'intérêt de la Nation ! Non,
je ne l'ai jamais cru. Cette division ne pouvoit durer, & l'on verra dans
les notes qui suivent cet ouvrage, qu'elle ne provenoit que d'un mal-

Ne forme, avec son Roi, qu'une famille immense.

Nations, qui déjà menaciez nos remparts,
Sur ce spectacle auguste arrêtez vos regards.
Frémissez; de l'État la splendeur va renaître.
Qu'il est grand le Français réuni par son maître !
Oh ! que ne puis-je ici tracer vos noms fameux,
O vous Fils des héros, vous Guerriers généreux ?
Recevez de nos mains la Couronne civique.
Vos noms sont consacrés par l'estime publique,
Lalli, Montmorenci, d'Orléans & Crillon,
Clermont, Montesquiou, Lusignan, d'Aiguillon,
Vous tous qui déployant une ame magnanime,
Venez de mériter notre hommage unanime.
Vertueux Pompignan, Dillon, Selves, Lollier, (*)
Vous vous êtes couverts d'un immortel laurier

---

entendu, & de ce que chaque ordre avoit méconnu ses vrais intérêts.
On disputoit sur de misérables priviléges quand il s'agissoit d'objets
de la plus grande importance, de relever tous les ordres écrasés par
le joug ministériel.

(*) M. Lollier, Curé de la Ville-d'Aurillac, a été un de ceux qui
se sont réunis à l'Assemblée Nationale. Il a donné un exemple de patriotisme bien rare en faisant le sacrifice d'une place de grand Vicaire
de cette Ville, que sa démarche généreuse lui a fait perdre sur le
champ. Un neveu de M. Lollier, M. de Bourlange, quoique de la
classe des Privilégiés, a été le premier en Auvergne qui ait proposé

Pontifes révérés, Pasteurs chers à la France.

Et vous dont Rome même eût vanté l'éloquence,
Vous tous en qui l'Etat voit ses chers défenseurs,
Vous qui ne trouverez que des admirateurs,
Nobles représentans choisis par la Patrie,
Que ne puis-je en ce jour chanter votre génie
Qui cueillant des lauriers dans le sein de la paix
Trace les fondemens de l'empire Français;
Qui des mœurs & des Loix, sous le plus doux auspice,
Éleve pour jamais l'imposant édifice;
O vertueux Monnier, ô célebre Target,
Éloquent Mirabau, Bailli, Sieis, Thouret,
Bornaves & Rabaud, vous que la France loue,
Hebrard & Biauzat, vous que l'Auvergne avoue. (*)

de supprimer tous les Priviléges. Il consigna ces sentimens dans un mé-
moire, en faveur du Tiers - État, qu'il lut à l'Assemblée des Notables
d'Aurillac, & qu'il envoya à M. Neker, alors Ministre.

(*) M. Hebrard Avocat, est aussi de la Ville d'Aurillac. Il est un des
Députés qui ont fait le plus éclater leur patriotisme & leurs talens. M. Gau-
tier de Biauzat, aussi d'Auvergne, s'est également distingué pour la cause
commune. Il est l'Auteur d'un plan d'ordre pour opiner, qui a été
adopté par l'Assemblée Nationale, & d'un ouvrage très estimé tendant
à prouver combien le peuple est surchargé dans les impôts de tout
genre. La Ville d'Aurillac à la gloire d'avoir seule fourni 4 Députés,
aux États Généraux.

Le tems ronge le fer, il dévore l'airain,
Mais vos noms jouiront d'un immortel deſtin.
Numa père des loix ſurpaſſa Rémus même ;
Français, telle ſera votre gloire ſuprême.

C'eſt à vous d'immoler l'Hydre de nos erreurs.
Pères de la Pâtrie, écoutez ſes clameurs ;
Ses cahiers génereux, ces monumens fidéles
Des plaintes d'un grand peuple.... & qui ſont trop
　　réelles.
Sur le riche orgueilleux l'indigent a des droits,
Et du peuple il eſt tems qu'on entende la voix.
Il reclame aujourd'hui ſon antique héritage.
Ah ! ſouffrir & haïr fut mille ans ſon partage.
Qu'importent ces palais dont les fronts faſtueux,
S'élevant dans les airs, bravent les malheureux.
Non, ces vils Publicains dont la molle indolence
Dévoroit ſans pudeur une oiſive opulence,
Ces Plutus enrichis d'un déshonneur pompeux
Ne pourront nous bleſſer par un luxe odieux.
Ils n'envahiront plus tout l'or de la patrie.

Il s'ouvre un champ immenſe à votre heureux génie,

Auguftes Citoyens, magnanimes Français,
Je vois des jours nouveaux marqués par vos bienfaits,
O vous, gloire, vertu, Déeffes immortelles,
Élevez ces Héros fur vos brillantes aîles ;
Célébrez leurs grands noms, couronnez leurs travaux.
Voyez-les de nos loix éclairer le cahos,
Fixer les droits du Prince & les droits de la France,
De la libre penfée affeoir l'indépendance ; (*)
Du Laboureur utile affurer le bonheur,
Rendre à Cérès fon luxe, à nos champs leur fplendeur,
Affranchir le Commerce entouré de cent chaînes,
Élargir fes canaux, défobftruer fes veines.

Sages confpirateurs, dont le foins réunis
N'ont tous qu'un même but, la puiffance des lys,
Voyant votre union, mes entrailles s'agitent.
De mes yeux attendris des pleurs fe précipitent.
C'eft ainfi que l'accord des divers élémens
Excite nos tranfports & nos raviffemens.
Tels les fleuves Français, divifés dans leur courfe,
Rivaux par leurs bienfaits, ne forment qu'une fource

(*) Les États affureront auffi fans doute la liberté de la Preffe, avec les modifications convenables.

E

Qui du tréfor public va groffir l'Océan.
Frappez de tous vos traits ce monftre dévorant,
Le Monopole affreux, père de tous les vices.
Ainfi, chez les Romains, leurs auguftes Comices
Affuroient par les loix leur gloire & leur fplendeur.

Du deftin des États fuprême Ordonnateur,
Dieu puiffant, toi qui vois tous les Empires naître,
Croître enfin & vieillir pour toujours difparoître,
Tu veux encor, tu veux le bonheur des Français.
Tu remets en leurs mains la gloire & le fuccès.

Roi, dont la bienfaifance eft le noble partage,
Reçois des vrais Français l'attendriffant hommage.
L'orgueil fait les Tyrans, la bonté fait les Rois,
Et tu dois avec toi faire regner les Loix.

Et toi, le Dictateur, le foutien de la France,
Neker, reçois fes vœux. Va, l'ingrat qui t'offenfe
Releve encor ta gloire, ajoute à ton honneur.
C'eft de nos ennemis que naît notre grandeur;
Ton nom furnagera fur le gouffre des âges;
La Grèce eût-elle même adoré tes images.
O Gloire, en vain l'envie épuife fes fureurs;
Ton fourire fuffit à tes adorateurs.

Je chantois... tout à coup le bruit fanglant des armes
Vient frapper mon oreille , exciter nos allarmes.
Mufe , brife ta Lyre , interromps tes accens ,
Ou ne fois que l'écho de nos gémiffemens.
O Neker , je te plains... mais moins que la Patrie.
Va , le tems eft le Dieu qui venge le génie.
Montmorin , (*) la Luzerne & tous les vrais
        Français
Ont témoigné pour toi leurs vertueux regrets.
Mais la Patrie... ô Ciel !... Vous nommés par la France,
Vous fon plus digne appui , vous fa noble efpérance,
Généreux Citoyens , loin de défefpérer
Du falut de l'État... vous allez l'affurer.
Et toi , Paris , l'exemple & l'ornement du Monde,

(*) Mon intention ayant été de recueillir dans les notes de cet ouvrage
tous les traits de patriotifme particuliers à l'Auvergne , c'eft-ici le cas
de rappeller qu'elle a donné le jour à *M. le Comte de Montmorin.*
C'eft encore ici le cas de faire connoître l'honorable patriotifme de M. le
Comte de Valady , né pareillement en Auvergne , dans *l'Élection d'Au-*
rillac , qui s'eft donné les mouvemens les plus héroïques pour porter
le Régiment des Gardes Françaifes , dans lequel il fervoit , à ne pas
tourner leurs armes contre leurs freres & leurs concitoyens.

C'eſt ſur toi dans ce jour que notre eſpoir ſe fonde:
Nos Provinces bientôt vont marcher ſur tes pas :
Louis même, ô Français, ſe jette entre vos bras (*).

　　Oui , mes vœux ſont remplis. O triomphe ! ô
　　victoire !
Jour digne d'être inſcrit aux faſtes de la gloire !
De nos fiers ennemis les complots ſont punis.
Ils n'ont fait qu'éclater…. & les voilà détruits.
Ces guerriers menaçans qui cauſoient nos allarmes,
Sont nos vrais protecteurs, jettent au loin leurs armes;
Ou plutôt de l'Etat ſe montrant les ſoutiens,
Leurs glaives ſont l'appui de leurs Concitoyens.
Ils ſont tous devenus nos amis & nos freres,
Des hommes, des Français…. que dis-je ? l'Etranger
Emu , ravi , touché , veut auſſi nous venger.
Les courageux enfans de la libre Helvétie (**)
Fidéles à l'honneur, défendent la Patrie.

_____

(*) C'eſt le ſens du diſcours du Roi lorſqu'il s'eſt rendu , _ſans cortege_, le 15 à l'Aſſemblée Nationale. Sa Majeſté a dit aux Repréſentans de la France ces mots touchans. _Je me fie à vous._

(**) Les Gardes Suiſſes , & d'autres Troupes étrangères , ont imité & partagé l'héroïſme humain & patriotique des Gardes Françaiſes.

Et de l'humanité l'on entend les accens,

Malgré le bruit affreux des tonnerres grondans.

Ouvrez-vous, noirs cachots tous peuplés de victimes;

Tombez, fatales tours qui protégiez les crimes :

Révélez au grand jour mille attentats nouveaux. (*)

De la Fayette, amis, fuivons tous les drapeaux.

D'un fi grand Citoyen quand la France s'honore,

L'Auvergne ma patrie en eft plus fiére encore. (**)

Elevons fur ce fol par un Monftre habité

Un temple à la concorde, un à la liberté.

Féroce de Launaï, c'étoit là ton repaire,

Du Ciel vengeur fur toi tombe enfin la colere.

Tu meurs fous les poignards..... Que ne puis-je aux Français,

Avec des traits de feu, tracer tous tes forfaits,

(*) Que ne trouvera-t-on pas dans les regiftres *infernaux de la Baftille* ?

(**) Ces deux vers ont déjà paru dans un compliment que l'Auteur de ce Poëme fût prié de faire pour l'entrée de M. le Marquis de la Fayette à Aurillac, cette Ville ayant été honorée quelques jours de la préfence de ce grand homme, à qui elle rendit tous les hommages qui lui font dus. M. de la Fayette a été nommé vice-Préfident de l'Affemblée Nationale, & Colonel de la Milice Bourgeoife de Paris.

Toi qui réuniſſois, perfide & ſanguinaire,
L'ame d'un Phalaris à celle d'un Tibère (*).

(*) Ce Gouverneur de la Baſtille, Geolier & Bourreau tout enſemble, a joint dans ce dernier événement la trahiſon la plus lâche à la cruauté la plus atroce. Ce qui a rempli les *Pariſiens* ou *Lutéciens* d'une telle indignation, qu'ils ont fait des prodiges de valeur, & ont emporté en quelques minutes un Fort que 3 mille hommes de troupes réglées auroient peut-être attaqué inutillement. Ce Delaunay étoit un digne Agent ſubalterne de ce St. Florentin, autre Tyran ſubalterne, qu'on avoit ſurnommé *l'Embaſtilleur*.

Au moment où j'écris ces vers avec toute la précipitation des circonſtances, j'apprens, & je me fais un plaiſir de le conſigner ici, que le fils d'un honnête Particulier d'Aurillac, nommé Caylus, s'eſt trouvé des premiers lorſqu'on a forcé la Baſtille, & a eu la gloire de s'emparer du pavillon blanc que le Gouverneur avoit fait arborer pour tromper les Pariſiens.

NOTES.

Sont enfin réunis.... Comment la division a-t-elle pu regner si long-tems entre des ordres qui avoient tous un intérêt égal à la réunion, à la concorde la plus fraternelle ; celui *d'établir une constitution*, de se rendre tous *indépendans de l'oppression ministérielle*, & d'éviter à l'avenir *toute augmentation d'impôts qui ne seroit pas reconnue utile & indispensable*. En effet, quand un Ministre avide & prévaricateur augmentera à son gré les vingtiemes & leurs 4 s. pour l. les droits sur les consommations, ceux sur le timbre, sur le controlle, insinuation & passations d'actes, ceux sur la gabelle, sur la capitation, &c. &c. Alors les privilégiés n'échappent pas plus que les autres classes des citoyens au génie extendeur & rapace du fisc. Il faut donc *se réunir* pour la cause commune, & établir un tel ordre, un tel régime dans les finances du Royaume, *que le Peuple soit soulagé*, *& que les Privilégiés soient eux-mêmes diminués*. Cela paroît d'abord contradictoire, ou du moins d'une exécution très difficile. Il est cependant certain, & je vais le rendre sensible, qu'il dépend des Etats-généraux de régler les impositions de maniere qu'une diminution considérable sur les biens-fonds les élevera à la plus haute valeur réelle. Je prétends prouver que l'assemblée nationale peut établir les impôts de telle façon que personne ne paiera à l'avenir que le vingtieme de son revenu net en biens-fonds, lequel vingtieme tiendra lieu de toutes tailles, vingtiemes & 4 s. pour l. Je ne parle point des impôts fur les confommations, ni de la capitation, ni même des impôts relatifs aux propriétaires des maifons. Je n'entends parler en ce moment que des impôts fur les fonds ruraux. Il n'eft affurément perfonne, même parmi les Privilégiés, qui ne paye en tailles, vingtiemes & 4 f. pour livres bien au delà du quart du produit net & annuel de fes biens-fonds, fi l'on fait attention que pour établir *un produit net*, il faut déduire les frais de femence, culture, exploitation, réparations, mortalités, grêles & autres accidents. Les Ordres privilégiés ont donc entendu leurs vrais intérêts en fe prêtant à une réunion qui leur donne les moyens de diminuer encore plus leurs impofitions, en diminuant en même tems celles du peuple, d'en éviter les augmentations à l'avenir, du moins celles qui dépendoient du caprice des Miniftres, & de fe fouftraire à leur defpotifme. O réunion des trois Ordres! concorde tutélaire! vous rendez au Clérgé fon luftre en augmentant l'émulation des Pafteurs, & en réformant cette abfurde milice, cette armée de Moines de tout ordre & de toutes couleurs, en exigeant la réfidence des Evêques, Abbés Commendataires, &c. Enfin en fupprimant ou réuniffant d'inutiles Prieurés fimples, & en retenant dans des Séminaires ou autres écoles d'inftruction & d'édification cette fourmiliere d'Abbés fans bénéfices, fans occupation évangélique, qui ne portent même point le coftume de leur état, & ne fervent qu'à le déshonnorer. Heureufe union! vous rendrez à la Patrie, à la Nobleffe Chevalerefque (*) fon antique fplendeur, en établiffant une

(*) On entend par ce mot la Nobleffe qui date d'un tems antérieur au XIVe. fiécle.

Chambre haute, où elle fiégera, & veillera aux intérêts communs de l'Etat. Vous foulagerez le peuple, vous ferez ceffer fon aviliffement, en établiffant une Chambre des Communes, dans laquelle fes Repréfentants pourront faire valoir fes droits.

Je reviens aux impôts. J'ai relevé le calcul du produit de la taille, vingtiemes & 4 f. pour livre. J'y ai joint *par apperçu* l'augmentation de ce même produit, en faifant ceffer toutes les exemptions pécuniaires; j'ai fuppofé enfuite que le produit de la taille, vingtiemes & 4 f. pour liv. payés par les non privilégiés, repréfentoit le quart de leurs revenus nets en bien-fonds, (fuppofition bien au deffous de la réalité) & j'ai trouvé qu'en n'impofant à l'avenir fur tous les biens-fonds, *fans exemptions ni priviléges*, qu'un vingtieme de leur produit net pour toutes tailles, vingtiemes & 4 f. pour livres, cette impofition qu'on pouvoit appeller impôt territorial, donneroit à l'Etat un revenu annuel d'environ cent millions, ci 100,000,000

Je crois que, malgré les difficultés & frais de perception, il faudroit l'établir *en nature*, parceque c'eft le feul moyen de divifer l'impofition dans une proportion équitable.

M. le Marquis de Condorcet vient de donner dans un ouvrage relatif aux Etats-généraux le calcul le plus exaċt & le plus détaillé de ce que rendroit au Gouvernement l'aliénation des biens du Clergé, de fes droits de direċte, juftice, chaffe, &c. en prélevant ce qui feroit néceffaire, tant pour l'entretien & la fubfiftance la plus honorable &

F

la plus avantageufe aux Membres de cet Ordre, que pour l'acquittement de fes dettes qui grèvent l'univerfalité de fes biens d'une hypotheque perpétuelle, laquelle eft déjà l'équivalent d'une aliénation. M. le Trône, dans fon excellent ouvrage fur l'Adminiftration œconomique du Royaume, eft entré dans les plus grands détails à cet égard, & en comparant les réfultats de M. le Marquis de Condorcet fur la valeur des biens du Clergé, & les plans propofés par M. le Trône pour cette partie de l'adminiftration dont l'Etat fe trouveroit chargé à l'avenir, j'ai trouvé qu'il refteroit pour le Gouvernement, les dettes du Clergé payées, & l'entretien de fes membres déduit, un revenu annuel d'environ 150 millions, ci 150,000,000

J'y comprends la réunion au Domaine du Roi des bénéfices appartenant en France à l'ordre de Malthe, qui n'eft utile ni pour la religion, ni pour la politique, étant toujours en paix avec la plûpart des Puiffances Barbarefques.

L'aliénation des domaines de la Couronne, ou une réforme dans leur régie, ou une révifion dans les prix des échanges qui en ont été faits, rendroit à l'Etat un produit annuel au moins de 25 millions, ci 25,000,000

La France eft peuplée d'environ 26 millions d'habitans, fuivant M. Neker, dans fon admirable Ouvrage *fur l'Adminiftration des Finances en France.* Je fuppofe qu'un tiers feulement foit dans le cas d'être capité. Je fuppofe encore qu'on formeroit plufieurs divifions pour la répartition de cet impôt, qu'on mettroit, par exemple, dans la première claffe, les grands Seigneurs, les grands Propriétaires, les

Rentiers & Capitalistes les plus riches, ceux qui feroient un négoce ou qui auroient une industrie considérable, ceux qui jouissent de rentes constituées ou viageres aussi très-considérables, les propriétaires de maisons de grande valeur. Je crois, d'après des calculs très détaillés que j'ai fait à cet égard, que le produit de toutes ces capitations, en les mettant *à un taux très-modique pour chaque classe ou division*, pourroit être annuellement pour l'Etat *au moins* de 200 millions, tandis que la capitation actuelle ne donne qu'environ 42 millions, tant il y a sur cet objet de gens injustement exempts, ci . . . 200,000,000

Il faut consolider & acquitter la dette nationale & les pensions accordées par le Gouvernement. C'est digne d'une Nation généreuse & équitable. C'est digne de ses augustes Représentants. Mais en même tems, on ne peut disconvenir qu'il n'y ait une vérification préalable à faire, sur-tout quant à ce qui regarde les graces ou pensions. Je crois qu'on pourra à cet égard diminuer la dépense du Gouvernement d'environ 15 millions, ci. . . . 15,000,000

La confiance due aux Etats généraux facilitera un emprunt à un taux avantageux qui seroit consacré à liquider la partie la plus onéreuse de la dette, & autres charges Nationales. Il seroit en même tems créé une caisse d'amortissement au moyen de laquelle cette dette recevra annuellement, jusqu'à un certain point, son extinction.

Par ces deux moyens, le revenu annuel de l'Etat peut être indirectement augmenté au moins de 20 millions, ci. 20,000,000

Je fuis même convaincu, que, fi l'on appelloit cet emprunt *national* , donnant par-là à entendre qu'il eft deftiné à acquitter la dette de la Nation, & à tirer l'Etat d'un moment de crife , le zele patriotique des Français les porteroit à le remplir fur le champ.

La fuppreffion des Haras , des Fermiers & Receveurs généraux , & d'une foule de commiffions qui leur font relatives , les Provinces devant fe charger elles-mêmes de verfer les impôts au tréfor public , offre une œconomie & une augmentation annuelle de revenu pour l'Etat d'environ 70 millions , ci 70,000,000

Ne feroit-il pas naturel , pour parvenir plus aifément à diminuer les impofitions fur les biens-fonds ruraux , de mettre des impôts fur tous les objets de luxe , comme fur le nombre des domeftiques , fur celui des équipages , &c. & d'augmenter les impôts fur les cartes pour le jeu , &c. D'après les calculs que j'ai fait à cet égard , j'ai trouvé qu'on pourroit augmenter par ces objets le revenu de l'Etat d'environ 100 millions , fans gréver *la claffe des Citoyens pauvres , ni celle des Laboureurs* , ci. . 100,000,000

Les impôts payés par les Colonies & la Corfe montent annuellement à environ 9 millions , ci . . 9,000,000

Je crois que le Gouvernement tire un revenu annuel d'un million fur la fabrication des monnoies d'or & d'argent , ci. 1,000,000

Les Troupes coûtent aujourd'hui au Gouvernement environ 100 millions par an. Je crois qu'on pourroit réduire l'armée à 50 mille hommes de troupes réglées , en augmentant les milices nationales , dont il faudroit alors *changer totalement le régime.* On pourroit auffi , à l'exemple des Romains, employer une partie des troupes réglées , *alterna-tivement*, à la confection des grandes routes , des canaux de communication de riviere à riviere , des canaux naviga-bles , &c. Vous diminuez alors les frais immenfes des ponts & chauffées & la dépenfe militaire de l'Etat , puifque l'armée eft réduite à moitié. Toutes ces reductions augmente-roient le revenu annuel de l'Etat , au moins de 60 millions , ci. 60,000,000

Un des grands avantages qu'on peut attendre de l'affem-blée de la Nation , c'eft l'établiffement d'une *Banque Nationale* , & d'une *Compagnie de Commerce auffi Nationale.* La confiance qu'infpireroit la fanction publique , affureroit ces deux établiffemens , s'ils étoient bien combinés , & fi on leur donnoit toute la faveur & l'étendue qu'ils doivent avoir. J'ai lieu de croire d'après le plan particulier que j'en ai fait qu'ils augmenteroient le revenu annuel de l'Etat d'environ 50 millions ci 50,000,000

Quelque defirable qu'il fût de fupprimer les Loteries qui font le principe de la ruine d'une partie de la claffe la plus indigente , il paroît que la manie de ce jeu étant prefque incurable , ce feroit le cas pour empêcher les Citoyens d'envoyer leur argent aux Loteries des Royaumes voifins , d'établir une *feule* Loterie dont les chanfes fuffent moins inéga-les, & qui rendroit fuivant des combinaifons que j'ai faites à ce fujet , un produit annuel au Gouvernement d'environ 50 millions , cette Loterie étant la feule permife dans le Ro-yaume, ci . . . . 50,000,000.

Il faudroit mettre les Aides au taux le plus bas , n'étant pas jufte de fupprimer les impôts fur les confommations , particuliérement fur les boiffons. Je crois qu'en réduifant de beaucoup les impofitions actuellement établies fur tous ces objets, & *qu'il faudroit rendre uniformes pour toutes les Provinces,* & en ajoutant à ce calcul ce que rendent à l'Etat les poftes , les meffageries , les droits de marc d'or , les revenus cafuels , &c. il refteroit pour l'Etat un produit annuel d'environ 100 millions , ci   100,000,000

Total. . . . . 950 millions.

Je penfe qu'on devroit réduire à peu de chofe les droits de controlle & infinuation, ceux fur le timbre & le papier , fur-tout en abrégeant les formalités & frais de procédures , & fupprimer totalement les droits de franc-fiefs , enfin tout ce qui tient de la fervitude. Je voudrois qu'on fupprimât jufqu'au nom des gabelles , quoiqu'elles rendent à l'Etat environ 60 millions. Il faut évaluer combien le Thréfor perdroit par ces réductions d'impôts. Je crois qu'on peut porter cet objet à environ 100 millions de diminution fur le revenu de l'Etat.

Sur quoi il eft à obferver qu'il refte encore au Gouvernement un produit qu'on peut porter en augmentation pour le Thréfor , celui des Maîtrifes & Jurandes. Je regarde ce dernier article comme donnant à l'Etat un revenu annuel d'environ un million , ci . . . .   000.000.

Je crois auffi qu'on pourroit trouver une œconomie d'environ un million fur le traitement annuel des grands Officiers de la Couronne, des Miniftres, des Ambaffadeurs, des Officiers généraux, &c. Voilà donc encore un million à déduire des 100 millions de diminution précédents.

Il n'y a donc que 98 millions à déduire de 950 millions auxquels on a vu qu'on peut porter les revenus du tréfor de la nation. Il reftera donc pour l'Etat un revenu annuel de 852 millions & cinquante mille Soldats de moins à payer, au moyen des milices nationales.

Qu'on ôte encore 100 millions des 852 millions ci-deffus, dans l'idée que j'ai peut-être porté certains objet trop haut, il reftera toujours un revenu annuel de 752 millions. L'Etat n'a jamais eu une fomme auffi confidérable pour foutenir les dépenfes prévues & imprévues de la nation, y compris les dépenfes de la Marine, qui coûtent annuellement à l'Etat environ 45 millions, & pour foutenir la fplendeur & la dignité du thrône. Les revenus de l'Etat n'excédoient pas ci-devant 600 millions.

Il me refte une obfervation bien importante à faire. La France eft peuplée de 26 millions d'habitans. Je fuppofe qu'il n'y ait que 8 millions dans le cas d'être capités, parce qu'il faut diftraire les femmes, les enfans, les miférables &c. 8 millions d'Hommes à 20 f. par Habitant donnent 8 millions. Ces 8 millions d'Hommes à 2 liv. par tête donnent

	16 millions
à 4 liv.	32
à 8 liv.	64

Et ainfi progreffivement. Enfin ces 8 millions d'Habitans impofés à raifon de 128 liv. chacun, donneroient un mil-

liard vingt-quatre millions de revenu à l'Etat. Mais il vaut
mieux diviser par classes. Je n'ai mis ce dernier calcul,
qui ne gréve aucun Citoyen en le divisant par classés, que pour
donner une idée des grandes ressources de l'Etat. Par cette der-
niere opération on pourroit supprimer tous les autres impôts
de tout genre. La régie de cet *impôt unique* seroit bien simple.

Je reviens au plan précédent. En diminuant le nombre
des Troupes réglées, un produit annuel de 500 millions
peut non-seulement suffire aux dépenses de la Nation, mais
encore servir à acroître son trésor par un fond de reserves
annuelles pour des guerres imprévues & défensives, la
France ne devant jamais en avoir d'offensives, parceque
les guerres ne doivent point dépendre du caprice des
Ministres. Ce fond de réserves pourroit être employé,
après qu'on auroit comblé le déficit, à augmenter le nombre
de nos Vaisseaux de Ligne, à assurer un sort aux Matelots, & aux Soldats invalides, &c.

Si 500 millions des revenu suffisent à la France, on pourra
à l'avenir, toujours après avoir préalablement acquitté la
dette Nationale, diminuer tous les objets, ou quelques-
uns des objets d'impositions dont je viens de faire le dénombrement de 252 millions.

Dans la somme totale que j'ai trouvée de 752 millions
de revenu annuel pour la France, je n'ai calculé que le
produit d'un seul vingtieme sur les biens-fonds ruraux.
Remarquez enfin que dans ce plan, indépendamment de la
diminution en faveur des biens fonds, j'ai ôté environ
100 millions d'impositions odieuses ou excessives de la gabelle, des frais de controlle, insinuation, franc-fief &c.

Il eft vrai qu'il y aura un rembourfement à faire aux Receveurs-généraux, & à plufieurs autres Titulaires. Quand vous porteriez cet objet à 10 millions, il refte encore à la France un revenu bien fupérieur à celui qu'elle avoit.

Il me refte une obfervation bien importante à faire. Les droits de circulation intérieure n'excédent pas 6 millions. Ce facrifice, bien compenfé par l'extenfion & accroiffement qu'en recevroit le commerce, n'eft pas affez confidérable pour qu'on puiffe balancer un moment à le faire. Il faut donc fe hâter de fupprimer tous les droits de traites intérieures, tous les droits locaux, tous les bureaux, toutes les barriéres, & les tranfporter aux frontiéres. *Mais j'avoue que je préférerois le plan d'impôt unique par la feule capitation.*

Si l'on demandoit des détails particuliers fur tous les objets dont je viens de parler dans le plan œconomique que je propofe, je me ferai un devoir de les donner fur le champ.

Enfin mes vœux feront remplis quand je n'aurois que l'avantage de faire naître de meilleures idées, & d'avoir prouvé mon amour pour la France.

Voyez-les de nos loix éclairer le cahos.

Il eft tems enfin de retrancher les frais énormes de notre procédure civile, fur-tout ceux relatifs aux faifies réelles. J'infifterai à cet égard fur un objet, c'eft de fixer un terme abfolu, un tems dans lequel tous les procès feront appellés, plaidés & jugés. Je crois qu'on doit auffi augmenter le pouvoir des Préfidiaux & fupprimer les *Epices*, en donnant par exemple 3 ou 4000 liv. aux Dignitaires de ces Compagnies, & 1000 ou 1200 liv. à chaque Confeiller. Je voudrois qu'on

G

pratiquât la même chofe, *proportion gardée,* envers les Cours Souveraines. Il faudroit auffi établir des Juges conciliateurs, des Tribunaux de paix

Quant à notre Jurifprudence criminelle, je defirerois que tout accufé pût avoir un confeil, que l'inftruction du procès fût publique, le jugement *le plus prompt poffible,* & fur-tout que toute condamnation à mort, ou à peine afflictive, ou infamante, ne pût être prononcée que quand elle auroit paffé *au moins d'un quart des voix.*

> *Sages confpirateurs dont les foins réunis*
> *N'ont tous qu'un même but,* &c.

C'eft ici le cas où tout Citoyen doit propofer fes idées fur l'objet le plus important pour l'Etat, une Conftitution. Il me femble à cet égard que la Conftitution Anglaife, quoique moins parfaite que celle des Etats-unis de l'Amérique, eft la feule qu'on puiffe adapter à notre Monarchie. Mais il faut la modifier 1º. La repréfentation Anglaife eft généralement reconnue pour vicieufe. 2º. Le Monarque y a part à la légiflation & peut feul arrêter le vœu des deux chambres, ce qui ne doit pas être. 3º. Il peut déclarer la Guerre, quoiqu'on ait droit de lui refufer les fubfides pour la faire, ce qui eft abfurde. La Guerre ne doit jamais dépendre du caprice des Miniftres.

On ne s'appercevra que trop que cet ouvrage a été fait à la hâte. Rempli d'un fentiment qui débordoit mon cœur, je brûlois de le répandre. Le Patriotifme eft la feule excufe à mes vers. Ce qui m'attirera fans doute le plus l'indulgence du Public, c'eft d'avoir ofé louer l'idole de la nation quand elle n'étoit plus l'idole des Courtifans.

FAUTES A CORRIGER.

Pag. 4 après ces mots : *États Généraux*. Lifez *Difcours de la Patrie.*

Pag. 5 *Quels font ces cris de joie*. Lifez *Pourquoi ces cris de joie ,*

Pag. 7 *Raﬀéréne les Airs*. Lifez *vient redorer les Airs;*

Pag. 8 *Plus fourbe que Tibere*. Lifez *Plus fourbe que Chriﬁiern ;*

A la même page. *A peine compte-t-on*. Lifez *Hélas ! à peine eﬁ-il*

Pag. 14 *Le defpotifme affreux*. Lifez *Le defpotifme feul*

A la même page , *Et Propagent fes fers*. Lifez *Et troublent l'univers,*

Pag. 24 *Et ce vous , lui dit-elle*. Lifez *Eﬁ-ce vous , lai dit-elle ,*

Pag. 30 *Va , l'ingrat qui t'offenfe*. Lifez *Ah ! l'ingrat qui t'offenfe*